Los cuentos de hadas, Laura y la bruja tramposa

Para Anne - G. Gormley ✹ Para mi maravillosa profesora, la señora. Wonder, que tanto me ha inspirado - S. Lenton

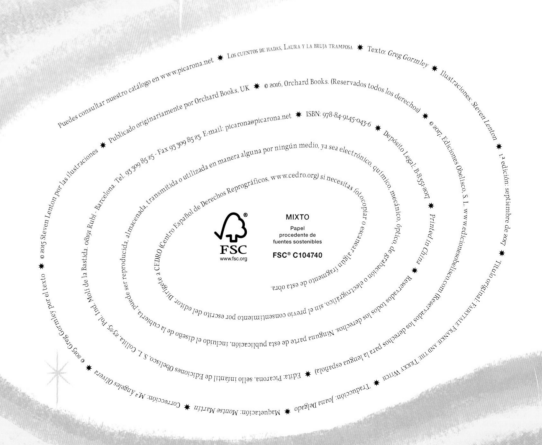

Puedes consultar nuestro catálogo en www.picarona.net ✹ LOS CUENTOS DE HADAS, LAURA Y LA BRUJA TRAMPOSA ✹ Texto: Greg Gormley ✹ Ilustraciones Steven Lenton ✹ 1.ª edición: septiembre de 2017

Publicado originariamente por Orchard Books, UK ✹ © 2016, Orchard Books. (Reservados todos los derechos) ✹ © 2017, Ediciones Obelisco S. L. www.edicionesobelisco.com ✹ Printed in China ✹ Título original: FAIRYTALE HAIRDRESSER AND THE TRICKY WITCH

Ediciones Obelisco S. L. 08901 Rubí - Barcelona - Tel. 93 309 85 25 - Fax 93 309 85 23 - E-mail: picarona@picarona.net ✹ ISBN: 978-84-9145-043-6 ✹ Depósito Legal: B-8.357-2017

MIXTO
Papel
procedente de
fuentes sostenibles
FSC® C104740

FSC
www.fsc.org

Los cuentos de hadas, Laura y la bruja tramposa

Greg Gormley

Steven Lenton

Picarona

A Laura le **encantaban** los cuentos de hadas.

Le **gustaban mucho, mucho, muchísimo**.

Así que una mañana se quedó sorprendida y maravillada al ver...

...¡en su habitación una **Princesa** de **cuento de hadas**!

–Por favor ¿me ayudas a esconderme? –preguntó la princesa–. ¡VIENE LA **BRUJA**!

–Claro que sí –respondió Laura–. Puedes esconderte debajo de mi cama.

Luego, Laura fue a abrir la puerta de su dormitorio y se encontró con que el **trasero de un unicornio** le bloqueaba el paso.

–¡No sé dónde esconderme! –exclamó el unicornio muy nervioso–. ¡Y LA BRUJA VIENE *HACIA AQUÍ!*

Era todo muy raro, pero Laura adoraba a los unicornios, así que lo empujó dentro del armario.

–¿Me pasas mis pantalones de peto, por favor? –le pidió antes de cerrar cuidadosamente la puerta.

Laura se vistió, fue al cuarto de baño y allí se encontró con que había una **sirena** en la bañera.

–¡HOLA! –exclamó Laura.

—¡Chsss! —susurró la sirena—.
Me estoy **escondiendo** de la **bruja**. ¡Me ayudas!
—¡Claro que sí! —respondió Laura mientras
corría la cortina de la ducha—. Esto servirá.

Laura se deslizó
escaleras abajo por la barandilla.
–Si es cierto que la bruja **está a
punto de llegar**, debería ponerme
mis zapatos cómodos por si tengo que
correr –pensó Laura.

Oyó un
tintineo
y vio que entre
los abrigos
asomaba un par
de botas...

–¡Quién está ahí? –preguntó Laura.

–Un **valiente caballero** –respondió una voz temblorosa–. **¡ESTOY INTENTANDO ESCONDERME DE LA BRUJA!**

–Pues eso no parece **muy** valiente –intervino Laura.

–Es mejor que vengas y tomes algo para desayunar.
Laura le preparó una tostada y luego lo escondió
entre los cacharros de cocina de debajo del fregadero.

Cuando Laura estaba echando los cereales en un cuenco, una **ranita** saltó de la caja: ¡**crunch**!

–¿Qué haces en mis cereales? –le preguntó Laura.

–Me escondo –respondió la rana.

–Vale, pues vuélvete a la caja –dijo Laura.

–¿Me das un beso? –dijo la rana.

–Desde luego que no –contestó Laura,
y en ese momento sonó el timbre de la puerta.

En la puerta había un **rey**.
–No me digas nada –le dijo Laura–.
Tienes que esconderte de la bruja.
–Exacto –respondió el rey–.
Que sea en un sitio elegante
y adecuado para la realeza,
por favor.

–Rápido, ponte
aquí –dijo Laura.
Y colocándole una
lámpara en la cabeza,
hizo que el monarca
se quedara de pie
en medio del recibidor.
–¡Oh! –exclamó el rey.

Laura miró a su alrededor.
Había escondido a todo
el mundo.
–Pero ¿quién me esconde
a mí? –se preguntó.

Pero... ya era demasiado
tarde...

¡KAZHAM!

La puerta se abrió de par en par y apareció LA BRUJA en medio de una nube de polvo.

—¡TE PILLÉ! —chilló la bruja—.

Pero ¿dónde están los otros?

Laura deseaba echarse a correr.
Pero reunió todo el valor
que pudo y dijo:
—No sé de qué me hablas.
—Entonces sólo me queda una
cosa —repuso la bruja mientras
hacía en el aire unas señales
con la mano.
—¡ESCOBA, ESCOBA,
TRÁEME A TODOS: AHORA!

La escoba de la bruja salió disparada
como un **rayo** y recorrió toda la casa.
Barrió a la princesa de debajo de la cama.

—¡Cuidado! —dijo ella.

Sacó a empellones
al unicornio de
dentro del armario.

—¡Qué brusquedad!
—exclamó él.

Sacó a la sirena
de la bañera.

Qué cosquillas!
—dijo riéndose.

La escoba barrió una
y otra vez bajo el fregadero
hasta que el caballero salió
despedido ruidosamente:

¡clonc!

Volcó los cereales y la rana salió de inmediato.

¡croac!

Por último, hizo que la lámpara saliera volando de la cabeza del rey:

¡clanc!

–¡Detente! –ordenó
Laura–. ¡DEJA
EN **PAZ** A MIS
AMIGOS!
Pero la bruja no hizo
otra cosa que
echarse a reír.
–¡He encontrado
A TODOS!...

—...y ahora, ¿a quién le toca contar?

–¡Contar! ¡Qué quieres decir!

–Estamos jugando al **escondite**. ¡Quieres jugar con nosotros!

–¡Sí, por favor! –respondió Laura–. ¡Me encanta jugar al escondite!

–¡Estupendo! –repuso la bruja.
–Ahora, cierra los ojos y cuenta hasta
diez mientras nos escondemos todos.
Laura cerró los ojos,
contó hasta diez,
y después dijo...

—¡EL QUE NO SE HAYA ESCONDIDO, TIEMPO HA PERDIDO! ¡ALLÁ VOOOOOY!